ÉPITRE

D'UN

CONSTITUTIONAIRE

AUX

ÉVÊQUES DE FRANCE.

NOUVELLE ÉDITION,

Dans laquelle on a mis les noms au long pour
la facilité du Public.

M. DCC. LV.

ÉPITRE

D'UN

CONSTITUTIONAIRE

A U X

EVESQUES DE FRANCE.

O Ciel ! tout eſt perdu : nos hardis Magiſtrats
L'emportent, j'en frémis, ſur nos humbles Pré-
lats.
La Bulle, cette loi ſi ſainte, ſi divine
Déja perd ſon crédit, & tend à ſa ruine.
Enfans de Loyola, quelle eſt votre langueur ?
Pour la cauſe du Ciel vous êtes ſans vigueur.
Vous, qu'on voyoit jadis pleins d'un zéle héroïque
Epuiſer tout, tréſors, intrigues, politique
Pour fournir au décret le plus ſolide apui,
A préſent peu jaloux de faire un pas pour lui,
Spectateurs des affronts faits à la ſainte Bulle,
Dans le ſein du repos vous dormez ſans ſcrupule.
Cet ouvrage ſi beau, conſtruit à ſi grands frais,
Vous le ſacrifiez à l'amour de la paix :
Et vous, de notre foi ſacrés dépoſitaires,
Vous, chargés par le Ciel du ſoin de nos miſteres,

4

On attaque aujourd'hui le plus profond de tous,
La Bulle. Pour agir, Prélats, qu'attendez-vous?
Rapellez-vous ce tems, que bornant votre zéle
Au triomphe important de cette loi nouvelle,
D'un vif enthousiasme animés à la fois,
Vous faisiez pour sa gloire entendre mille voix.
De Mandemens nombreux vous inondiez la France,
Vous prêchiez à l'envi l'aveugle obéissance.
La foi sans cette Bulle étoit en grand péril.
Interdits rigoureux, noir cachot, long exil,
Tout vous paroissoit doux, pour punir le rebelle,
On connoit à ces traits un véritable zéle.
Aussi dans ces beaux jours quels furent vos succès!
Du Décret triomphant quels rapides progrès!
Tout plie, & la victoire alloit être complette,
Quand parmi les vaincus honteux de leur défaite,
Votre œil perçant découvre un vil tas d'imposteurs
Qui ne font que semblant d'aplaudir aux vainqueurs.
En secret attachés au parti qu'ils trahissent,
Ils signent en secret la Bulle qu'ils maudissent.
La crainte qui les fait souscrire lâchement,
Seule conduit leur main, & le cœur la dément.
L'amour propre est leur Dieu, l'intérêt leur mobile.
Dévots dont l'air benin sourit à l'Evangile,
Mais qui par d'heureux tours, chrétiens sous le turban,
Comme loi du plus fort, signeroient l'alcoran.
Cœurs doubles, esprits faux, odieux hipocrites
Qui la Bulle à la main, ennemis des Jésuites,
Se couvrent du décret pour mieux en imposer
Et ne rampent sous lui que pour le renverser.
Quelle foule en effet d'acceptans Jansénistes?
Soumis en apparence, au dedans Quenelistes,
Qui disent anathême à leur chef si chéri,

Et lisent à genoux son livre favori.
Vils Oratoriens, ambigus personnages,
Bénédictins trompeurs, qui masquent leurs visages :
Qui devant le Prélat, disent, nous acceptons,
Et dans le fond du cœur, disent, nous apellons.
Sans peine pénétrant cet odieux mistere,
C'est sur eux que Beaumont jette un œil de colere.
Oui, ce sont là, dit-il, nos plus grands ennemis,
D'autant plus dangereux, qu'ils paroissent soumis.
Apellans déguisés, par de sourdes intrigues
Contre nous en secret ils fomentent des brigues,
Et sçavent opposer, en s'armant contre tous,
Leur manœuvre à la Bulle, & la Bulle à nos coups.
Oui, c'est sous ton abri, lâche Tolérantisme
Que se soutient encor l'odieux Jansénisme :
Ta chute entraînera la sienne, & désormais
C'en est fait, c'est sur toi que vont tomber mes traits.
Il dit, pour démêler dans la foule acceptante
Les protecteurs cachés de la secte expirante,
Que fait ce grand Prélat ? (O France dans Beaumont
Admire les ressorts d'un esprit si fécond.)
Du fond de son Palais, (quel heureux stratagême !)
Beaumont manifestant sa volonté suprême
Ordonne (du Prélat tel est le bon plaisir)
Que chaque Tolérant, fidèle à se trahir,
Lui dise en un billet, objet de ses recherches,
C'est moi, sage Prélat, oui, c'est moi que tu cherches
L'ordre part, c'en est fait, si le coup réussit,
L'appel est confondu, l'erreur s'évanouit.
Déja des Tolérans la cabale tremblante,
S'allarme, & chez les siens va semer l'épouvante.
Le refus du billet, grand crime au seul aspect,
Attire un anathême au moribond suspect.

L'accorder ! tout s'écroule , & la cause succombe,
Des Quesnels clandestins , alors le masque tombe ;
Et Beaumont découvrant tous ceux qu'il doit frapper ,
Va, le tonnerre en main, fondre & tout dissiper :
Quand du fonds du barreau, suivi de la chicane ,
S'avance avec lenteur un cortege profane
Grave dans son maintien , la régle & le compas
Semble toiser ses mots & mesurer ses pas.
Un air de majesté brille sur les visages.
Qu'auroit dit Cineas , à l'aspect de ces sages,
Dont le corps inspirant le respect , la terreur ,
Sous l'éclat de la pourpre offre tant de grandeur ?
Mais au dedans qu'est-il ? Lui doit-on des louanges ?
Hé , que fait-on ? L'erreur a séduit jusqu'aux Anges.
Ministres de Thémis , augustes Magistrats,
La balance à la main ; où portez-vous vos pas ?
Dans vos yeux étincele une ardeur téméraire.
Arrêtez , ce chemin conduit au sanctuaire.
» On le sçait , dites - vous , nous connoissons nos
        droits :
» L'Eglise est dans l'Etat , & l'Etat a ses loix.
» Pouvons-nous , sans trahir les loix de la patrie ,
» De la maison de Dieu permettre l'incendie ?
» Thémis sur l'encensoir ne porte point ses droits.
» Mais , s'il met tout en feu , doit-elle être sans voix ?
» Sa crosse a son district. Celui de la balance
» Embrassant tout Etat , est sans bornes en France.
» Quiconque du public ose troubler la paix ,
» Au pied de notre Cour est cité sans délais.
» Dans l'état le plus saint , loin d'être irréprochable,
» Auroit-on le droit d'être impunément coupable ;
» Et bravant la rigueur de notre Tribunal ,
» L'orgueil d'une tonsure enhardiroit au mal ?

» Non, comme pour l'Etat les loix font pour l'E-
            glife,
» La mître à notre glaive en tout tems fut foumife.
» Des Prélats à la fois Sujets & Souverains,
» Nous leur baifons les pieds & leur lions les mains.
» Abufant aujourd'hui des billets qu'ils exigent,
» Ivres d'un fol efpoir, en tyrans ils s'érigent.
» Des mifteres facrés fimples difpenfateurs,
» Pourquoi donc, ofent-ils, hardis ufurpateurs,
» D'un bien commun à tous s'emparer par caprice,
» N'en jamais difpofer qu'au gré de leur malice,
» Sur les préfens du Ciel impofer des tributs,
» Flétrir des Citoyens par d'injuftes refus?
» Perfécuter des Saints, tirannifer des Prêtres,
» Les chefs du fanctuaire en font-ils donc les maîtres?
» Quel trouble dans les loix, que d'horreurs dans
            l'Etat!
» Si nul frein ne contient l'ambitieux Prélat,
» C'eft à nous d'arrêter l'abfurde fanatifme,
» D'un zéle qui paroit vifer au defpotifme.
» Toujours fage, la loi dans le François Chrétien
» Apprend à diftinguer le François Citoyen.
» Qu'à la voix du Pafteur l'un foit toujours docile,
» L'autre à l'abri des loix doit trouver un azile,
» Et pour jouir d'un bien qui paroit être à lui,
» Il ne doit pas envain réclamer notre appui.
Telles font du barreau les maximes hardies,
On diroit fur le vrai qu'elles font établies,
Et l'équité paroit leur prêter fes couleurs.
Gardez-vous d'écouter ces difcours féducteurs.
Prélats, Rome a parlé, de Rome rien n'émane
Que de faint, du Palais rien qui ne foit profane.
Une Bulle acceptée eft un oracle fûr.

Tout ce qui la combat n'eſt qu'un ſophiſme impur,
Du ruſé novateur, artifice frivole.
Mais que vois-je ! grand maître en l'art de la parole,
Maupeou contre la Bulle ardent, on ſçait pourquoi,
Volé au trône, & contr'elle oſe animer ſon Roi.
Là voilant avec art ſes projets ſacriléges.
» Prince, à ta piété, dit-il, on tend des piéges.
» Cette Bulle qu'on dit décider ſur la foi
» N'en régle aucun article, & n'eſt point une loi.
» Que dis-je ? Elle perd tout, ſource d'un mal ex-
     trême ;
» Et pour la condamner, je ne veux qu'elle même,
» Qu'on la liſe, un coup d'œil eſt contr'elle un
     arrêt.
» L'erreur de ſon poiſon en ſouille chaque trait.
» Peu content de flétrir toute vérité ſainte,
» A tes droits, à nos loix ce décret donne atteinte,
» Il triomphe. Déja le mal eſt violent,
» Et juſqu'au trône enfin tout devient chancelant.
» De la religion ces Miniſtres avides,
» Toujours hommes, ſouvent ſont d'infidèles guides.
» Chef d'une Egliſe ſainte, ils n'en ſont pas plus ſaints.
» Souvent l'ambition enfante leurs deſſeins.
» Pleins d'ardeur au dehors contre un faux Janſé-
     niſme,
» Ils n'en ont dans le fonds que pour le deſpotiſme.
» Et quand du tabernacle on a les clefs en main,
» On peut en abuſer contre ſon Souverain.
» Un faux zele nous rend faintement fanatiques,
» Si nous ſommes en place, il nous rend tiranni-
     ques ;
» Et bientôt un tyran dont le front eſt mîtré,
» N'offre à l'œil ébloui qu'un Souverain ſacré.

» Dont l'orgueil maitrifant un peuple trop crédule,
» Lui feroit refpecter la plus honteufe Bulle.
» Quel eft de nos Prélats, SIRE, le vrai projet?
» Se rendre indépendant, voilà leur grand objet.
» Aux caprices divers d'une vaine arrogance,
» Pouvant du fanctuaire affervir la balance.
» Ils auront dans la Bulle érigée en devoir,
» Un moyen d'ufurper le fouverain pouvoir.
» Le fujet à fon Roi, fi le Prélat l'ordonne,
» Devra par confcience arracher la couronne.
» D'un injufte interdit menace-t-on quelqu'un,
» Tout devoir à fes yeux ceffe alors d'en être un?
» Et t'obéir, grand Roi, devoir fi légitime,
» Si Rome le défend, dès lors devient un crime.
» Jugez donc par ces traits, d'une regle de foi
» Qui conduit le poignard dans le fein de fon Roi.
» L'Evangile, il eft vrai, tient un autre langage.
» Auffi la Bulle a foin d'en défendre l'ufage.
» Et fur tout en François, ce livre ne vaut rien;
» La bulle déformais eft le lait du Chrétien. »
C'eft ainfi que Maupeou diftile avec prudence
Les craintes, les foupçons, la noire défiance.
LOUIS plein de bonté l'écoute; il craint l'erreur,
Il veut la paix. Qu'un Roi doit fouffrir dans fon cœur:
S'il voit à chaque pas des embuches à craindre!
Plus il aime le vrai, plus il paroît à plaindre:
Aux loix, à fes fujets, à la religion
LOUIS pere commun, doit fa protection.
Que va-t-il décider? L'amour de la juftice
Le rend aux deux partis également propice.
Sa piété fufpend l'activité des loix.
Son zele pour Thémis en ranime la voix.
Il balance... Prélats, voici l'inftant critique

Qu'il faudroit de L o u i s fixer la politique.
Quittez donc vos troupeaux, Pasteurs, c'est à Paris
Que la religion vous demande à grands cris.
N'ayez point de scrupule : allez, pour sa défense,
Le Ciel à vos grandeurs défend la résidence.
Boyer de notre foi l'interpréte aujourd'hui,
Ce Docteur de l'Eglise, & son plus ferme appui ;
Voyez, la feuille en main, il vous attend au Louvre,
Et pour vous recevoir son antichambre s'ouvre.
Dociles à sa voix, vous accourrez enfin
Apprendre vos devoirs du sage Théatin.
Pontife des François, toi qu'un rare mérite.
A fait du rang obscur de simple Cénobite,
Passer au pied d'un trône, où tes mains à ton gré.
Balancent les destins de l'empire sacré.
Boyer, il en est tems, de ton vaste génie
Hâte toi d'employer la puissante industrie.
Ame d'un corps immense, anime ses ressorts.
L'Eglise a dans tes mains la clef de ses trésors.
Répands-les pour la Bulle. Aux plus froids dans ta
          place
On peut en sa faveur inspirer de l'audace.
Ne faits rien que pour elle, on fera tout pour toi.
La science n'est rien : donne tout à la foi.
Des Evêques fameux Saint Sulpice est l'école
Que des Prélats naissants la Bulle y soit l'idole.
Quels transports dans leurs cœurs, quel feu dans leurs
          esprits,
Du zele le plus vif si la mitre est le prix !
Tout seconde mes vœux : une celeste flamme
Se répand dans Boyer, & transporte son ame.
Jour & nuit occupé du décret important,
Son zele à l'exalter consacre chaque instant.

Les Prélats affoiblis, d'un mot il les ranime,
D'un regard il inspire une ardeur magnanime.
Profond dans les détails, il voit mille beautés
Où l'œil le plus perçant ne voit qu'obscurités.
La Bulle est à ses yeux un chef-d'œuvre, il l'adore;
Et Quesnel est pour lui la boette de Pandore.
Il met tout en usage, adresse, activité,
Promesses, coups d'éclat, faveur, autorité.
Sous ses yeux, par son ordre, on s'assemble, on travaille,
On compose à Paris, on s'intrigue à Versaille.
Le Jésuite allarmé pour la foi qui s'éteint,
Contre les Parlemens s'anime, & les dépeint
Frondeurs, Ligueurs, Anglois & Jansenistes même,
Developpe en traits noirs leur funeste sistême.
Beaumont pour seconder de si nobles efforts,
De ses puissans billets fait agir les ressorts.
Les beaux jours de l'Eglise alloient renaître en France.
Mais quel affreux revers trompe mon espérance!
Trop éloquent Maupeou tu triomphes, ton Roi
Donne enfin un Edit : mais quelle étrange loi!
Au type de Constant on voit qu'elle ressemble.
La vérité pâlit. Le sanctuaire en tremble.
La Bulle, ce trésor qui depuis quarante ans
Rend l'Eglise & l'Etat riches & florissans;
Elle qui nous formoit tant de Prélats célebres,
Va donc par cette loi tomber dans les ténebres?
Louis, las d'un décret dont il craint les abus,
Pour ramener la paix, veut qu'on n'en parle plus.
Sur l'oracle de Rome il impose silence.
Si l'on n'en parle plus, que faut-il qu'on en pense?
Ah, grand Roi, qu'as tu fait! A ta religion
Ton amour pour la paix peut faire illusion.
Tu veux dans tes Etats, que jadis inconnue,

Là Bulle foit pour nous comme non avenue.
C'eft exiger, grand Roi, qu'on la compte pour rien
C'eft dire : elle ne peut faire éclore aucun bien.
Que de biens cependant la Bulle nous procure !
Une doctrine faine, une morale pure,
Ce Clergé fi fçavant, ces Docteurs éclairés,
Ce faint empreffement pour les livres facrés,
Chez les Berulliens ce coup d'œil qui nous charme,
Chez les Génovéfains la fecte qui s'allarme.
Tant d'Apôtres nouveaux dans ces fages Pafteurs,
Des anciens en tout zelés imitateurs :
De tant d'heureux objets le charmant affemblage
De la Bulle, on le fçait, eft l'admirable ouvrage.
Et L o u i s aujourd'hui nous défend d'en parler.
Sur cet ordre, Prélats, devez-vous reculer ?
Faut-il donc en tout tems refpecter les puiffances ?
Louis maître des cœurs, l'eft-il des confciences ?
Non, Beaumont fur la fienne ardent à fe regler,
Dès qu'il entend fa voix, fçait bien qu'il doit parler.
Il parle ; des Prélats rien n'arrête l'alcide ;
Et pour mieux découvrir le novateur timide,
Que couvre le manteau du tolérant trompeur.
Sous celui de la Bulle il cherche l'impofteur.
Au zele, il joint la rufe, ingénieux Apôtre,
Par le canal de l'un il veut aller à l'autre.
Mais le vil Tolérant, fauffement converti,
Transfuge fans honneur, fans honte travefti,
S'enveloppe avec art, échappe avec adreffe ;
Le mourant à fon tour fidèle à fa promeffe,
Le dérobe au Prélat qui faintement frémit,
Et fur le feul foupçon lance un fage interdit.
Mais que vois-je ? A la cour ce zele magnanime
Au pied du trône eft peint fous les couleurs du crime.

Beaumont que fait agir l'intérêt de la foi,
Trop foumis à fon Dieu, l'eft trop peu pour fon Roi.
Qu'entends-je! A quel parti Louis, peut fe réfoudre.
Les cedres du Liban font frappés de la foudre.
Beaumont qui par refpect pour nos mifteres faints
En priva conftamment les indignes Coffins :
Et, pour mieux enhardir les Prélats de Provinces,
Les refufa lui-même au premier de nos Princes :
Beaumont qui dans faint Leu fit des exploits fi beaux,
Beaumont fi néceffaire aux foins des Hôpitaux,
De la fage Moifan ce défenfeur fidèle,
Pour fes cheres brebis ce Pafteur plein de zèle,
Lui, qui craint la louange au point qu'un compli-
          ment
Attire un interdit à l'Auteur imprudent.
Ce modefte cènfeur du loyolifte habile ;
Qui fut, nouveau Scarron, traveftir l'Evangile :
L'Ambroife de nos jours, victime de la foi,
Beaumont part pour Conflans, exilé par fon Roi.
Qui le croiroit ? Il part, mais grand dans fa difgrace,
(Sans peine on le croira) plein d'une noble audace,
Jufques dans les revers il montre un front ferein,
Et fçait même en exil agir en Souverain.
Il y tient table ouverte, il promet, il menace,
Il frappe, il interdit, il dérange, il déplace ;
Reculer, à fes yeux n'eft jamais à propos ;
Le vrai zele pour Dieu forme les vrais Héros.
Vous, dans l'Epifcopat fes collegues fi dignes,
Plus grands par vos vertus que par vos rangs infignes,
Témoins d'un fi beau fort, le ferez-vous envain ?
Non, Laval, jeune encor, mais plein d'un feu divin,
Qui par un beau talent dont jamais il n'abufe
De nos dogmes facrés a la fcie nce infufe,

Attentif fur Boyer, l'intrépide Laval
Pour agir vivement, n'attend que le fignal.
On le donne, il s'avance ; & contre un tas de filles,
Organes de l'erreur, dangereufes Sibilles,
Des grands Montmorency l'illuftre rejetton,
Va de l'Hydre cloitrée affronter le poifon.
L'effort fans le fuccès prouve au moins la vaillance.
De là contre un mourant fierement il s'élance.
Un Docteur aux abois irrite fon courroux.
Chargé d'ans & de maux, l'inflexible Coignoux,
De l'antique Sorbonne eft un malheureux refte.
Laval voyant dans lui le progrès de la pefte,
Prudemment fe retire, & le tendre Prélat
A l'obftiné pécheur épargne un attentat.
De ces exploits divers quelle eft la recompenfe ?
On exile Laval. Y penfe-t-on ? La France
Va donc paffer bientôt fous le joug de l'erreur
Déja dans le Clergé l'on feme la terreur.
Quel feu dans tout Paris ! Contre la Bulle même.
L'anonime écrivain plus hardiment blafphême.
Le Magiftrat triomphe, & leve un front altier.
La Dévote au teint blême, en modefte panier,
Rit fous cape, foupire & court chez fa voifine,
Du décret qu'elle abhorre, annoncer la ruine.
» Enfin le Ciel s'explique, il doit être aboli.
» Dit-elle, & le Roi veut qu'il tombe dans l'oubli. »
Il le veut ? Mais j'entends un nouveau Chrifoftôme
Qui s'attire bientôt les regards du Royaume,
Preffy ce brave Athlete, & rival de Morus.
S'oppofe aux volontés du moderne Titus.
» Oui, dit-il, c'eft à nous que le Ciel illumine,
» De parler. Nous avons les clefs de la doctrine.
» A notre égard la loi ne fçauroit avoir lieu.

» L'obferver, ce feroit défobéir à Dieu.
» Rome a parlé. Voila mon oracle, & je brule
» De répandre mon fang pour la celefte Bulle.
» Dans fon fens naturel la Bulle eft à nos yeux,
» De l'Evangile faint l'abregé précieux.
» Un Evêque de l'un, s'il doit être l'Apôtre,
» Sans crainte fur les toits doit auffi prêcher l'autre.
» Profânes Magiftrats, oui, je vous brave tous ;
» Les Pafteurs d'Ifrael auroient-ils peur des coups ?
» En mourant pour la Bulle on vole à la victoire. »
Empire des François, quelle feroit ta gloire
Si la Religion n'avoit jamais chez toi,
Que des Preffy pour chefs, pour appui que leur foi !
Mais à peine en vois-je un qu'anime fa harangue ;
Le cœur s'il eft glacé, glace à fon tour la langue.
Poncet, le feul Poncet, dans fes mœurs fi réglé,
Si cher à fon troupeau, pour la foi fi zélé,
S'expofe à mille traits pour le décret de Rome.
Dans le Prélat chez lui brille auffi le grand homme.
Avec quel noble orgueil il foule au pied l'argent !
Hors la Bulle, à fes yeux tout eft indifférent.
L'Huiffier dans fon palais, le Sergent à fa porte,
Des fuppôts de Thémis une avide Cohorte,
Enleve du Prélat les meubles précieux :
Et le Prélat tranquile, au ciel leve les yeux.
Aux ordres de fon Roi, fourd, quand le ciel l'or-
            donne ;
Muet pour l'intérêt, mais pour la Bulle il tonne.
Le prix de la vertu dans ce tems quel eft-il ?
Voyez, privé de tout Poncet marche en exil.
C'eft ainfi des François qu'on traite l'Athanafe,
Dont l'exemple devroit nous ravir en extafe.
Mais loin de l'imiter, Prélats, vous paliffés.

La Bulle est notre regle, & vous la trahissez.
De notre auguste foi protecteurs infideles,
Sur les tours d'Israel aveugles sentinelles,
Quoi, vous osez vous taire, & pour vos chers trou-
    peaux
Chiens muets, vous perdez quarante ans de travaux !
Si la Bulle à vos yeux étoit sans conséquence,
Pourquoi pour un chiffon troubler toute la France ?
Mais si de l'esprit saint ouvrage précieux,
Elle apprend aux humains la doctrine des cieux ;
Prélats en sa faveur en pouvez-vous trop faire ?
On la charge d'affronts, & vous pouvez vous taire !
Parlez ; que dis-je ? Il faut jetter des cris perçans.
Trompettes de Sion de vos tristes accens
Remplissez le Royaume ; allez, vrais Isaïes,
Vengeurs des droits du Ciel sacrifier vos vies :
Gardez-vous d'observer l'ordre d'un Roi surpris ;
Jusques au pied du trône il faut pousser vos cris,
Faites plus ; vous voyez que par-tout on méprise
Dans votre saint décret l'ouvrage de l'Eglise :
Témoins des attentats commis contre sa loi,
Dans le danger extrême où vous voyez la foi ;
Convient-il, des mondains moins censeurs que com-
    plices,
De vivre mollement plongés dans les délices ?
Vos festins, vos pompes excitent nos soupirs ;
La bulle est dans l'opprobre, & vous dans les plaisirs.
Quand la vérité souffre ; ha, voit-on Jérémie
Dans les joies & les ris passer toute sa vie ?
Prenez donc le grand deuil ; pleurez amerement :
De vos superbes chars descendez humblement.
Dans le sac, sous la cendre annoncez votre Bulle ;
Grand Ambroise, à ta voix Théodose recule.
LOUIS

Louis surpris de voir des Prélats pénitens,
Pourra-t-il à vos pleurs se refuser long-tems ?
Ou, de vos dignités si l'éclat vous dispense
D'imiter les saints Pauls, de faire pénitence ;
Hé bien, laissez ce soin à ceux qui le pourront :
Pleins de zéle à Citeaux les Moines la feront.
Mais du moins des Docteurs s'arment-ils de leurs
      plumes.
Pour défendre la Bulle, enfantez des volumes.
Imitez un Languet : auprès de ce géant
Petit-pied n'est qu'un nain, Colbert n'est qu'un en-
      fant.
Ses Ecrits si marqués au coin de la logique,
Seront le désespoir de l'impuissante clique.
Aussi que d'Acceptans ont-ils fait dans Paris !
Tourneli de sa main les a même transcrits.
Quel exemple ! Languet n'est pas le seul modèle,
Prélats, qui doive ici ranimer votre zéle.
Laborieux la Taste, illustre Charanci,
Ombre de Saléon, manes du grand Bissi,
Reparoissez, sortez de vos abîmes sombres,
Voyez, vos successeurs ne valent pas vos ombres.
Du moins dans vos Ecrits vous nous parlez encor.
Vous revivez pour nous dans ce riche trésor.
L'un dans les doux accès de son pieux Délire,
De Satan sans pâlir fondant le sombre empire,
Nous apprend sagement que l'ange séducteur
Peut même au nom du Christ, rival du Créateur,
Déranger à son gré les loix de la nature.
L'autre dans les secrets d'une cabale impure,
Conduit par l'esprit saint, dévoile à l'univers
De complots monstrueux l'assemblage pervers.
Quel service important ! Sans cette découverte,

B

Et l'Eglise & l'Etat, tout couroit à fa perte.
L'Autre des Bellelli triomphe en expirant ;
Tous du fonds du tombeau prêchent éloquemment.
Mais dans leurs fucceffeurs ce n'eft plus qu'une écor-
      ce,
Leurs bouches font fans voix, & leurs plumes fans
      force.
Simulacres vivans, que la Bulle a formés ;
Squelettes aujourd'hui pour elle inanimés ;
Cependant le mal preffe ; Ecoutez l'Héréfie,
Qui d'un air triomphant dans mille écrits publie :
Que l'homme fous la grace eft fans activité,
Dans le bien fans mérite, au mal néceffité...
A ces mots ; ha ! Je vois le feu qui vous anime.
On prend la plume enfin, chacun de vous s'efcrime.
Mais où portent vos coups ? Hé, vos efforts font
      vains ;
Dom Quichottes facrés vous bravez des moulins.
Ce n'eft point là, Pafteurs, que vous conduit la
      Bulle ;
Voici, voici le monftre affreux & ridicule
Que ce décret attaque, & qu'il faut avec lui,
Si l'on veut l'obferver, foudroyer aujourd'hui.
» *Sans Dieu l'on ne peut rien.* Ciel, quelle extrava-
      gance !
» *Ce Dieu peut ce qu'il veut. Tout céde à fa puiffance.*
» *Quand il veut fauver l'homme en tout tems, en tout*
      lieu,
» *L'indubitable effet fuit le vouloir d'un Dieu.* »
Quel blafphême ! « *Un pécheur du crime n'a pas honte ?*
» *C'eft fageffe & bonté de l'éprouver.* « Quel conte !
» *Il faut n'aimer que Dieu.* Quelle horreur ! *Son amour*
» *Seul juftifie, & feul méne à l'heureux féjour.* »

Quelle témérité de damner un Socrate!
L'infidéle n'eſt-il qu'un frivole Automate,
Qui créé pour le ciel, ſans foi n'y peut entrer?
» *Sans charité le Juif n'y ſçauroit pénétrer;*
Pourquoi donc? « *Un Chrétien, qu'une crainte de bête*
» *Pouſſe, ne peut du Ciel obtenir la conquête.* »
Menſonge: dans Languet le contraire eſt marqué.
» *A lire l'Ecriture on doit être appliqué;* »
Rien de plus malſonant: dès lors qu'elle eſt obſcure,
Un Laïc fait mal de lire l'Ecriture.
La lit-on en Eſpagne? « *On doit ſur le ſerment*
» *Etre très-réſervé. Dieu le veut.* Queſnel ment.
» *Un Chrétien que conduit ſa paſſion brutale*
» *Ne doit pas s'approcher de ſon Dieu.* » Quel ſcan-
        dale!
Indignés à ces traits, vous frémiſſez Prélats.
Votre foi ſe réveille enfin, & dans Brancas
Je vois qu'un feu nouveau dans ſes regards petille.
Il ſe leve: oui, dit-il, la Bulle ou la Baſtille.
Ou plutôt, pour punir l'inflexible oppoſant,
Vivant ſans loi, qu'il meure auſſi ſans Sacrement.
Charleval à ces mots d'un pas ferme s'avance.
Trop heureux Charleval, s'il eut dû ſa naiſſance
Au ſein d'une monique inſtruite de la foi:
Mais ſa mere expirante écarte avec effroi,
Le décret, dont par-tout le ſceau caractériſe
Quiconque doit entrer dans la terre promiſe.
» Hé bien, dit ſaintement ſon fils: ſur mon devoir
» La nature en ce jour doit-elle prévaloir?
» Non, miniſtres ſacrés, fermez le ſanctuaire;
» Ma mere au ſaint décret veut mourir réfractaire. »
Grands ſentimens! Brancas applaudit. Son Clergé
Qui l'anime, à ſon tour eſt par lui protégé.

B 2

Digne d'un plus beau fort le grand Joannis lui-même
Suſpecté dans ſa foi , périt ſous l'anathême.
Du ſilence ordonné l'arrêt infructueux ,
N'eſt qu'un obſtacle vain pour les cœurs vertueux.
Ne vous démentez pas , Bulliſtes intrépides ;
Mais quoi ! Dans l'heureux cours de tes progrès ra-
  pides ,
Tu t'arrêtes , Brancas ? Du Sénat Provençal
Pourrois-tu redouter le foible tribunal ?
S'il oſe violer les ſaints droits de l'Egliſe ,
Eſt-ce envain dans tes mains que ſa foudre eſt com-
  miſe ?
Ta croſſe à quoi ſert-elle ? Hé , frappe ſeulement ,
Tu verras à tes pieds ramper le Parlement.
Mais quand la peur ſaiſit , tout conſeil eſt ſtérile.
Brancas dans Avignon va chercher un azile.
Ah , quand le Paſteur fuit , que devient le troupeau ?
Mourir pour le ſauver ſeroit un ſort ſi beau.
Mais non , chacun trahit l'honneur des tabernacles.
Eſt-ce ainſi , juſte ciel , qu'on défend tes oracles ?
La Bulle n'eſt donc plus un ouvrage divin ?
Je lui cherche un vengeur , & je le cherche envain.
Belſunce ne dit mot. Bertin recule à Vannes ,
Et d'un loup à Carnac court encenſer les manes.
Du glorieux Biſſi le ruſé ſucceſſeur
Démontre ſa foibleſſe , en montrant ſon ardeur.
Dans Meaux le vieux Paſtel , ſcandaleux hérétique ,
Eſt exilé : pourquoi ? Le Prélat politique
Ecarte lâchement le coup qu'il ſçait prévoir ,
Et craint plus le Sénat qu'il n'aime ſon devoir.
Ah , lâches, décorés d'un ſi beau caractere , -
Ignorez-vous les droits du ſacré miniſtere ?
Faut il vous rappeller ces célébres Paſteurs ,

Dont la Bulle autrefois a reçu tant d'honneurs ;
Un Lafare malgré l'autorité suprême,
Vrai lion, quelquefois blessé, toujours le même ;
Brûlé dans ses écrits, mais brûlant pour la foi,
Contre le rigorisme en tout tems je le voi
S'armer, & le cœur plein d'une sainte amertume,
Le combattre avec soin par sa vie & sa plume :
Foresta, quel héros ! Qui sous un Roi mineur
Interjetta sans crainte appel au Roi majeur :
Un Janson qui bravoit & Sénat & Monarque,
Pour donner de son zéle une éclatante marque :
Un Gigault qui toujours la Bulle devant lui
Dans Paris la feroit triompher aujourd'hui,
Si le démon jaloux n'eut ravi ce grand homme :
Un Saint Albin (la foi sourit dès qu'on le nomme.)
Si fier contre Quesnel, si dévot pour la croix :
Beausort qu'un feu si vif transportoit quelquefois,
Et tant d'autres formés au sein de l'héroïsme ;
Formidables marteaux du fatal Jansénisme,
Molinistes profonds, qui dans saint Augustin
Voyoient à chaque trait leur sistême divin ;
Jour & nuit occupés de la Bulle immortelle,
Sans goût que pour sa gloire, & sans yeux que pour
        elle.
Aussi leurs noms chéris, à jamais consacrés,
Vivront en lettres d'or dans nos fastes sacrés.
Prélats tels sont vos chefs ; C'est sur leurs nobles traces
Qu'il faudroit, sans pâlir, affronter les disgraces.
Que risquez-vous ? Vos biens ? Bagatelle. Le Ciel
Est-il trop acheté par un vil temporel ?
La liberté ? Mais quoi ! Zèlé pour l'équilibre,
Un Prélat dans les fers n'est-il pas toujours libre ?
Votre vie ? Hé la Bulle en mérite les frais.

La gloire du martire eft-elle fans attraits ?
Diffipez donc, Prélats, vos injuftes allarmes.
Vous pouvez faire plus : n'avez-vous pas des armes ?
Portez-vous dans vos mains des foudres impuiffans ?
Ils frappent d'autant plus qu'ils touchent moins les
       fens.
Vos fuccès font certains ; à d'invifibles armes,
Que peut-on oppofer que des vœux & des larmes ?
Maîtres du fombre abîme, ouvrez-le, à vos genoux
Ou l'ennemi fe jette, ou périt devant vous.
Faites donc tout tomber fous vos glaives de flammes.
Oui, pour fauver la Bulle, il faut damner les ames ;
Et c'eft par charité qu'on les met en enfer ;
Habiles médecins, par le feu, par le fer,
Retranchez d'un côté, vous guérirez de l'autre.
A Corinthe autrefois on vit le grand Apôtre,
Armer même Satan contre un crime commun.
Mais voyez aujourd'hui que de forfaits dans un !
Cent têtes à l'erreur tombent par vos maximes :
Ainfi les rejetter, c'eft commettre cent crimes.
Armez-vous donc, Prélats, des traits du Vatican.
Frappez les criminels, livrez-les à Satan.
Mettez la France en feu, n'épargnez pas les trônes ;
Le réfpect à vos pieds mettra jufqu'aux couronnes.
Mais je parle à des fourds que la crainte a glacés.
Sur vos fiéges brillans n'êtes-vous donc placés,
Que pour mettre au grand jour l'opprobre de l'Eglife ?
On ne voit plus dans vous cette noble franchife,
Qui vous faifoit au vrai marcher avec grandeur.
Va-t-on à Dieu fans feinte ? On y va fans frayeur.
Ce n'eft plus parmi vous que fraudes, qu'artifice,
Et pour vous entraîner au fonds du précipice,
Le fordide intérêt connoit plus d'un détour.

Enfin l'homme de Dieu n'eſt qu'un homme de Cour.
Qu'un fidèle (il le peut ſur la foi d'un ſaint pere)
Dépoſe d'un chrétien l'auguſte caractere,
On doit lui pardonner : mais vous, chefs d'Iſraël,
Flambeaux de l'Univers, interprétes du Ciel ;
A nos yeux étonnés qu'un maſque vous déguiſe,
Ah ſi vous ſuccombez, colomnes de l'Egliſe,
Nous, fragiles roſeaux, quel ſera notre eſpoir ?
Et l'Egliſe enſeignante où pourra-t-on la voir ?
Tous d'un ſi bel accord pour recevoir la Bulle,
Vous fixiez donc la foi : mais ſi chacun recule,
De concert pour l'erreur, au mépris de la loi
Quel indigne ſoufflet vous donnez à la foi !
Que dira l'Héréſie ? Ha ! Voyez, dira-t-elle,
ɔɔ Sur ſon ſacré dépôt ſi l'Egliſe eſt fidèle.
ɔɔ Tous ſes chefs aujourd'hui diviniſent des loix ;
ɔɔ Et tous le lendemain pour elles ſont ſans voix.
ɔɔ Cette pluralité qui doit ſervir de guide,
ɔɔ A préſent pour l'erreur clairement nous décide.
ɔɔ Tous ſe taiſent : quel cas méritent ſes décrets,
ɔɔ Si l'Egliſe enſeignante a pour chefs des muets ?
L'Hérétique eut-il tort de tenir ce langage,
L'honneur ſeul doit, Prélats, ſoutenir votre ouvrage.
Par le vent de la Cour retournez aujourd'hui,
S'il change, on vous verroit tous changer avec lui.
Soùs un fouet inconſtant tel eſt le buis mobile
Au gré d'un vain caprice aveuglement docile,
Que fait tourner l'enfant dont il eſt le jouet.
Un Evêque doit-il craindre les coups de fouet ?
Du conſubſtantiel le ſeul mot en attire
A cent Pontifes ſaints : mais l'eſpoir du martire
Les ſoutient ſous les coups, leur foi fait leur appui.
Ne s'agit-il, Prélats, que d'un mot aujourd'hui ?

Cent erreurs à la fois, mises en évidence,
(Voyez comment le pus fort avec abondance)
Succombent sous le poids d'anathêmes divers.
Ce décret qu'a signé la main de l'Univers,
Offre donc (froidement, Prélats, peut-on l'entendre?)
De la religion tout le corps à défendre?
Et vous, ses défenseurs interdits, étonnés,
Sur un mot de LOUIS, quoi! Vous l'abandonnez.
Si dans ces tristes jours vous manquez de constance,
Ah que des maux, grand Dieu, vont inonder la France!
Ecoutez & tremblez : je vois un monstre affreux,
(Ciel daigne détourner des malheurs si nombreux)
Qui s'éleve, s'agite, & répand dans sa course
Un funeste poison dont l'enfer est la source.
Quel monstre! Il fait trembler. Rigorisme est son nom.
Couvert des beaux déhors de la religion,
D'abord il éblouit : son regard en impose.
A l'entendre, le Ciel lui confia sa cause.
Mais faut-il en juger par le premier coup d'œil?
Sur ses pas la tristesse en longs habits de deuil,
Voyez, traine après soi la sombre pénitence.
L'Evangile à la main, la froide tempérance
Contente de ce bien, me glace en s'avançant.
La plaintive oraison près d'elle en méditant
Marche, souvent s'élance & frappe sa poitrine.
Le jeune d'une main portant la discipline,
Et de l'autre une croix, se traine avec effort,
Et dans sa tête m'offre une tête de mort.
Un voile sur les yeux, voulant être inconnue,
L'humilité se cache, & s'échape à ma vue.
En lugubre appareil, couvert d'un crêpe noir,
Tristement précédé de l'austere devoir,
L'œil noyé dans les pleurs, la douleur sur la face,

Un pécheur converti fuit en demandant grace.
Et pour fermer enfin ce cortége effrayant,
L'œil en feu, fer en main, marche d'un air bruyant.
La persécution, Eumenide farouche,
Qui respire le sang, le vomit par la bouche,
En fait couler des flots... Ah Ciel ! Ah chers Prélats,
Hâtez-vous ; de la Bulle, armés, armés vos bras ;
Avec elle chassez l'odieux rigorisme.
Ennemi déclaré du riant Pichonisme,
Il va tout désoler : Bachus perd ses Autels,
L'amour ses rendez-vous, Momus fuit les mortels.
Il faudra désormais combattre la nature.
Prélats. Peut-on ne pas aimer la créature ?
Vous le sçavez. Déja je vois en long manteau
Le visage ombragé d'un immense chapeau.
La severe réforme, & qui d'un ton d'oracle
Défend rouge, panier, frisures, bal, spectacle.
Plus de ris, plus de jeux, théâtres, opéras,
Vous tombez. Ah que vois-je ! Accourez, chers Prélats.

Ridiculum acri
Fortiùs ac meliùs magnas plerumque secat res.

F I N.

POST SCRIPTUM.

Quelle horreur, diront certains Lecteurs fcrupuleux, quel fcandale ! De tels Ecrits font-ils donc l'ouvrage de la charité ? La vérité pour fe défendre a-t-elle recours aux perfonnalités ? Attendez, cher Lecteur, la confcience parle fouvent fans réflexion. Sa délicateffe occafionne quelquefois des erreurs. L'horreur même du mal peut faire tort au difcernement. Sem fit bien de jetter un manteau fur Noé. Mais Jofeph fit-il mal en dévoilant la honte de fes freres ? Médire eft fans doute un crime. Dire du mal n'en eft pas toujours un. Toute calomnie eft puniffable : mais toute raillerie ne l'eft pas. La premiere des ironies n'eft-elle pas fortie de la bouche de Dieu même ? La charité incarnée a-t-elle épargné les Hérodes ? Que des traits lancés par le plus doux des hommes contre les Princes des Prêtres ! Les Auguftin, les Jerôme, les Grégoire, les Hilaire n'avoient-ils pas une confcience délicate ? Et cependant quelle vivacité dans les apoftrophes ironiques dont leurs ouvrages font femés ? Il eft des plaies, qui ne demandent pour être guéries que de l'huile & du baume. Il en eft d'autres qui ne peuvent l'être que par le fer & le feu. N'eft-il pas étrange qu'après la foule d'Ecrits triomphans produits contre la Bulle, on s'opiniâtre aveuglement pour fa défenfe. Et doit-on autre chofe que des railleries à qui prétend que la lueur d'une lampe l'emporte fur l'éclat du foleil ? Si les Evêques n'ont pas lu ces ouvrages , leur pareſſeuſe indifférence ne doit-elle pas faire horreur & pitié? Sur quels fronts fera-t-il permis de jetter de la confuſion, ſi c'eſt un devoir de la leur épargner? S'ils les ont lus, que n'en détruiſent-ils les raiſons par des plus fortes? Pourquoi toujours ſe retrancher dans un principe dont la fauſſeté leur a toujours été démontrée. Leur érudition méchanique ſe réduit toujours à répéter que la Bulle eſt un jugement doctrinal, loi de l'Egliſe & de l'Etat. Si l'on rendoit un principe vrai en le répétant, celui-ci feroit de la plus grande certitude. Mais ce font des preuves qu'il faut, & non des rédites. Si l'on nous renvoie aux ouvrages de Meſſieurs Languet & Biſſi, c'eſt nous dire, ou qu'on n'a pas lu ceux de leurs Adverſaires, pareſſe impardonnable; ou qu'on les a trouvés moins ſolides, aveuglement funeſte aſſez combattu pour ne plus mériter que des railleries.

Mais la raillerie, dira-t-on, doit être réſſerrée dans certaines bornes. D'accord, 1°. Elle ne doit pas dévoiler des vices ſecrets. Auſſi dans quel coin du Royaume ignoroit-on avant cette Epitre des traits dont les Gazettes même inſtruiſent les plus indifférens. 2°. Elle ne doit tomber que ſur un ridicule réel Mais le ridicule ne perce-t-il pas à travers le perſonnage que veulent jouer certains Evêques? L'air de religion qu'ils voudroient prendre ne grimace-t-il pas ſur leurs viſages? Les Oppoſans, diſent-ils, ſont des pécheurs publics. Et le public demande tous les jours quel eſt leur crime. Quoi de plus ridicule que de mettre en dépit du bon ſens dans la claſſe des Comédiens, des Uſuriers, & des Adulteres connus pour tels, des hommes que l'on connoit pour les Citoyens les plus fages, les Sujets les plus fidéles, & les Chrétiens les plus édifians ? Quoi de plus ridicule que d'éxiger des fermens fans en fpécifier l'objet, de crier à l'hérétique fans montrer d'hérélie, de jouer le martir dans le fein des plaifirs ? Quel travers inoui d'offrir les faints mifteres au Déifte qui les méprife, & de les refufer au Catholique qui les défire ? Ceci paffe la raillerie. Ce contrafte indigne. Et quand l'indignation s'en tient à la raillerie, ne devroit-on pas lui fçavoir gré de fa modération ?

3°. La raillerie doit refpecter les caracteres, & ménager les dignités. A Dieu ne plaife qu'on veuille infpirer du mépris pour l'Epifcopat. Ce n'eft pas dans les Ambroifes feuls qu'on honore le faint caractere. Les moins dignes de le porter ne le rendront jamais vil à nos yeux. Et n'eft-ce pas montrer du zele pour fa gloire que d'en venger l'honneur outragé ? Avec quel refpect on fe profteneroit aux pieds de ces mêmes Evêques que l'on cenfure, fi l'Evêque fe montroit feul dans leurs perfonnes ? Que Monfieur de Beaumont change, n'aura-t-il pas à craindre d'être trop chéri, trop refpecté dans une Ville où l'on ne parle de fon aveuglement que pour le plaindre, & de fes fautes qu'en les excufans. Si l'expreffion, cher Lecteur, vous a paru quelquefois trop dure, ou la raillerie trop piquante, au moment que le refpect l'arrêtoit, elle échappoit à l'indignation. Nous gémiffions les premiers de la voir juftifiée par la vérité. Plut à Dieu qu'on put nous convaincre de calomnie ; le jour de l'amende honorable feroit pour nous un jour de Fête.

4°. La raillerie doit fe propofer un effet falutaire. On ne s'en promet aucun d'un ouvrage fi peu réfléchi.

dont un inſtant a fourni l'idée, qu'un travail de trois jours a ſi mal rempli. On ne s'attend pas à voir éclorre de cette lecture aucun heureux changement. L'ironie eſt moins faite pour défendre la vérité, ou pour gagner ſes adverſaires que pour les déſarmer. Quel eſt le Jéſuite que les Provinciales ont converti? Cependant, ſi l'eſpérance d'être utile étoit mal fondée, **on** n'en avoit pas moins l'intention de l'être. L'aiguillon qu'on emploie peut ne pas toujours paroître celui de la charité, & cependant l'avoir toujours été. Quel autre but pourroit-on avoir en raillant les Evêques ſur leurs efforts en faveur de la Bulle, que de les dégoûter d'une piece qui ne fait que du mal, leur enlever la chimere qui les occupe pour tourner leurs vues ſur des maux plus dignes de leur attention. La Déclaration du Roi n'eſt-elle pas le chef-d'œuvre d'une ſage politique qui tend à concilier tous les intérêts, qui ménage l'amour propre des Evêques en leur ſauvant le déſagrément d'une rétractation, & facilite leur retour au vrai, en rendant leur changement aux yeux des peuples le fruit inſenſible d'une légitime obéiſſance? Qu'ils ſe taiſent ſur un phantôme d'héréſie qui n'a d'être que dans leur imagination, & qu'ils ouvrent les yeux ſur les monſtres réels dont les ravages de leur Diocèſe ne prouvent que trop l'exiſtence. Ignorance dans les campagnes, corruption dans les villes, relâchement dans la morale, profanation des choſes ſaintes, décadence dans les études, libertinage d'eſprit, affoibliſſement dans la foi, extinction de la charité, mépris des loix de Dieu & de l'Egliſe; voilà les objets qu'on voudroit ſubſtituer aux chimériques erreurs contre leſquelles les Prélats exercent depuis tant d'années un zèle d'autant plus ridicule, qu'on

leur crie de tous côtés qu'elles n'ont point de parti-
sans. Heureuse sans doute la raillerie, qui les faisant
enfin rougir de leurs injustes préventions, les rame-
neroit au vrai bien de leurs Diocèses, & d'ou résulte-
roit la paix de l'Eglise, le calme de l'Etat, & la gloire
du nom du Seigneur. *Imple facies eorum ignominiâ,
& quærent nomen tuum, Domine.*